文芸社セレクション

あそびごころ

G杉山Ⅲ世
G SUGIYAMA III

文芸社

目次

あそびごころ

冬休みにして正月の帰省である。ぼくたち一家は年末の十二月二十九日に鉄道に乗り、新年は伯父さんの家で迎えたわけである。

（お正月ぐらいはのんびりしたいな）

という気持ちは両親や兄にもあったらしく、昨日はおとそを飲んでかるた取りなどをしていたのだが、正月の二日目である今日は、やや動き出したような気配である。

と言っても年賀状を読み返したり、新聞を読んだりする程度なのであるが、朝食の御雑煮を食べた後、兄は伯父さんと将棋を始める。

そう言えばいとこの卓くんの姿が見えないな。どうしたんだろうと思って彼の部屋へ行き、ふすまを開けると、卓くんは六畳の部屋の真ん中へ新聞紙を敷き、その上で半紙を広げて筆をふるっていた。

「ありゃ、学校の宿題かい」

「そうだよ」

かすかな墨の匂いはぼくもかいだ憶えもあるもので、墨やすずりや筆などはぼくも持っており、使ったことがあった。

ところが、その習字用の紙を押さえている文鎮に目をやった時、ぼくは驚いた。

大きさは手のひら程で、紙を押さえる面は細長い長方形で、厚さは一センチあるかないかだが、その板状の形の上に乗っていたのは、兎をかたどった彫刻だったのだ。

「兎の彫刻のついた文鎮は初めて見たな」

「ああ、めずらしかったかな。これはどこにでもあるもんじゃないよ。ほら、おじいちゃんは三年ばかり前に死んだけど、その遺品を整理していたら木箱が出てきたんだ。それでその箱を開けて中身を見たら、十二支型の彫刻をつけた文鎮が出て来たのさ。そこでぼくはそれを利用することにしたんだ。ほかの物もあるよ」

そう言っていとこは部屋の中の押し入れから、古そうな木箱を持ち出してきた。

茶褐色のその蓋をあけてみると、中には大きさはほぼ同じほどで、黒ずんだ鉄か鉛かのような材質の、干支のとおりの動物を刻んだ文鎮が入っていた。

（おじいちゃんが自分で作ったものか、それとも誰かに注文して作らせたものか、その点はわからないけれども、なにはともあれ精巧な金属製の細工だわい）

「そういえば、あたしはおじさんから、台湾では石作りの龍や虎の形の文鎮が売られているのを見たことがあるって聞いたことがあるけれど、十二支の文鎮ってのは聞いたことはないわねえ」

「ああ。そういえばエジプト展へ行った時、ピラミッド型だとかスフィンクス型の文鎮を見たことがあるよ。お国ぶりがちがうんだねえ。エジプトは世界でも最初ぐらいに紙が発明された国だって言う話は知ってたけど、現代ではあのパピルス製の紙は作られているんだろうかね」

冬休みが明けて後、通っている中学へ行ってぼくが正月に見た文鎮の話をすると、同級生からはこんな話が出てきた。

その話を聞いていた山岡雄三は、しばらく首をひねっていたが、やがて口を開く。

「文鎮じゃないけど、文房具の中にはずいぶん変わったものもあるね。こないだ叔父さんが正月の海外旅行でシンガポールへ行って、おみやげをくれたんだけど、その時にくれたのがマーライオン型の消しゴムだったんだ。わりと大きなものだったんで筆箱には入らなかったので、家の中だけで使うことにしたんだが、わりと便利なもんなんだよ」

まん丸いボール型の消しゴムだとか、鉛筆をくわえこむ形の消しゴムが人気を呼んだ時代もあるそうだが、最近では消しゴムにこだわる人はあまりいないようだ。漫画のキャラクターを消しゴム人形にした例もあったけど、あれはもう売られてなさそうだなとぼくは思った。

それから同級生からは、その山岡くんにその消しゴムを見せてちょうだいという声が出てきたので、彼は明日持ってくるよと返事をしていた。

ぼくたちは翌日に、山岡雄三が持って来たマーライオン人形消しゴムを見せてもらったが、それは筆箱の半分ぐらいの高さと、幅は五センチぐらいの直方体の箱に入っていた。

基底部は五センチたらずの正方形で、厚さは五ミリばかりの板である。

その板の上に直立しているマーライオンの像は本物そっくりだったが、さすがに使われていた跡に、すり減っていた個所は見えた。

「ふうん。けっこう重いのね」

それを手に乗せた女子生徒は言う。

「うん。色も白いから、結構置物にもなるんだ」

「シンガポールの人は、そういうものを造ってみやげものとして売り出しているわけだが、日本ではそんなものはなかなか売り出されていないねえ」

「そうでもないわよ。キティちゃんのご当地人形なんてのもあるわよ」

そんなことを言っているうちに、先生が教室にやってきて授業の開始となる。

やがて二時間目。国語の時間となったが、その時に川口辰夫という男子が声をあげた。

「ああ、しまった。文鎮を忘れてしまった」

「なに。あれがないって」

その声を聞きつけた国語にして習字の吉村先生は顔をしかめたが、やがて気がついたように教卓の上にあったそれを持って川口の席へいく。

「やむをえんだろう。今日はこれを使いなさい。以後は気をつけるんだぞ」

「すみません。ありがとうございます」

セロテープを入れたテープ台を文鎮にして、川口は半紙の上に文字を書き始める。

その後、クラスの生徒たちは課題とされていた作品はみんな書き終えて、先生のもとへ提出したわけだが、川口辰夫は無風流きわまる文鎮を教卓の上へもどすこともしていた。

「風流な文房具もあるけれど、味もそっけもない話もあるわねえ」

「でも、学校の中ではそんなに洒落た物も使えないわねえ。人形型消しゴムかマンガの絵を描いた鉛筆か筆箱を使うのがせいぜいね」

「ところで風流ってなあに?」

「主として自然を愛する心だけど、花鳥風月という考え方もあるそうね。花を見てきれいだと思ったり、いい匂いをかいで喜んだり、鳥の姿を見ていいなと思ったり、鳴き声を聞いてうっとりしたり、いい風に吹かれてうれしがったり、月を見てきれいだなと思ったりすることが、風流なことだと考える人もいるんだって」

「雪月花という考えもあるんだって。ああいう風景を好むのも風流なのね」

ぼくは同級生の女子たちの話も聞いていたが、川口辰夫にはこういう話は面白くないらしい。

しかし彼は腕組みをして椅子にすわり、口をへの字にして同級生たちの話を聞いていたが、やがて机に向きなおった。

それからは十日ばかりが過ぎて、一月も下旬にはいった頃の習字の授業のある日の朝。川口辰夫は朝からにやにやしながら学校へやってきた。

そうしてその授業の時間が来て、彼が持ち出した文鎮を見て、ぼくたちは驚いた。

全長は十五センチほどなのだが、横から見れば三センチ四方の真四角が、基底部に乗っているらしいのが見えた。

そのさいころ型の面の色は赤と青。緑と黄の色がついているのだが、今はその色はまちまちに並んでいた。

そしてその並ぶさいころの真ん中あたりには水平に、カーテンのレールに似た溝が走っていた。

「それにしても、そんな文鎮をどうやって手に入れたんだい」

習字の授業が終わった後に、ぼくは彼に質問をしてみる。

川口辰夫は笑い出してこう言った。

「じつは兄貴がこしらえてくれたんだ」

「ほう、しかしどうやって？」

「大学で、冶金学ということをやっているから、こういう鉄細工をつくることはそれほどむずかしいことではないんだ。まずここだね」

彼は文鎮を持ち上げて、その側面を指さした。さいころのその面は無地で鉄とわかる色をしていたが、その面は基底部についている下部は長方形、上部は台形という高さは二センチ。厚さは一ミリばかりの黒い鉄板に押さえられている。

彼はその板を下にずらしたのだが、そうすると隠されていたさいころの下部と、鉄道のレールに似た基底部の断面が見えた。

川口辰夫はその基底部を手に持ったまま、さいころを片手でレールをすべらせながら、ひとつひとつはずしていく。そのため机上には五個の鉄の立方体が並ぶこととなった。

「このさいころをね」

彼はそう言ってさっきまで鉄のレールの上に五つのさいころを止めていた押さえの板を

元の位置に戻し、基底部を机の上に降ろす。

それからさいころの色をすべて同じ色にそろえ、また押さえをはずして五個の鉄のかたまりをレールにはめていく。

今度は四色がすべてそろった文鎮になる。

「簡単といえば簡単だが、よくできてるねえ」

ぼくは感心してしまった。

「なんだかルービック・キューブみたいね」

一緒に見ていた女子生徒のひとりは言った。

これには川口辰夫はこう返答していた。

「だから兄貴もね、キュー文鎮と呼んでいたよ」

メデューサ

ある繁華街のビルの二階。その一室のバーで、僕はウイスキーを飲んでいた。

時刻は午後九時過ぎだが、この町にも店にも遅すぎることはない。

僕がタンブラーの中身を唇に注ぎながら、バーの女の子や顔見知りの客とおしゃべりしていると、急に店の入口のドアが開かれて、一人の男が姿を見せた。

僕にとっては昔なじみの、今野民平という男である。

しかし、今夜の彼の様子は、いつもとは少し違っていた。

顔色は真っ青で、額と黒縁眼鏡の内側には冷汗が浮いている。

それに、ドアの開け方も、いつもとは違ってひどく荒っぽい。息遣いもはっきり耳に聞こえるほど激しくなっていた。

「どうしたのかい民平君?」

中年の男にしては、髪の毛も乱れていた。その頭をぶるっと振って、今野民平は口を開く。

「じ、じつは、おれにもちょっと信じられないんだ。本当にあったことか、幻覚を見たのかもはっきりしない」

「もう酔って、ここへ来たのか?」

「しらふだよ。うまくは話せないんだが……」

「まあすわりたまえよ。話せば少しは落ち着くかもしれん」

彼は僕の左側。カウンターの前の席にすわり、出されたコップの水をぐっと飲む。その手も震えていたが、やがて彼は息をつき、話し始めた。

「退社時刻は、いつもと変わりはなかった。そこで、会社の玄関を通って、塀の前を歩いて、四つ角の前にさしかかったんだが……」

その時、自分の歩いている歩道の先。左側の方へふと目をやると、人の後姿が見えた。

腰から足首までを包む赤いロングスカート。そして栗色のハイヒール。上半身はごく普通の赤いジャケットに、腰にはやや太めの茶色い革ベルト。頭髪は首の後を隠すぐらいの長さで、軽くウェーブがかかっていた。

「その時は、顔を確かめたわけじゃないが、まず女に違いないと思った。そこでしばらくその方を見ていたんだが……」

五秒後に、不意に奇妙な現象が目に入ってきた。その歩行者の髪が伸びるのが見えたのだ。

「なんだって。目の迷いかな。見間違いということもあるし……」

「おれも最初はそう思った。ところが首のあたりまでだった筈の髪の毛が、どう見ても背の半ばまで垂れさがっているんだ。初夏の今の、午後五時過ぎに、太陽光線の加減で黒髪の長さを見間違えることはまずあるまいと思った」

そこで、彼はその女（？）の後をつけることにした。人通りは少ないが、往来だ。すれ違う人もあるが、その変化を認めたのは今野民平だけだったらしい。

その人物の髪が伸びる瞬間を目撃したのは他にはおらず、たとえ見たとしても、目の迷いと思ったのだろう。

「歩いている途中にヘヤピンを外したり、かんざしの類を抜いたりすれば髪型が変わることもあるさ。しかし、そうした動作はまったく見えなかったんだ」

その人物の歩き方は、速くも遅くもなかった。そうすばしっこい動作で髪をいじれるとは思えなかったし、それにヘヤピンを抜くのなら、立ち止まって頭を振るか、ポケットから櫛を持ち出すかの動きはあってもいい。

（ただ普通に歩いているだけで、髪が伸びるなんてことが……）

そう思いながら、彼がその背を見ていると、同じ異変はまた起こった。髪の毛は、腰のベルトのあたりまで伸びたのだ。

目の迷いではない。今度こそは本物だと思ったが、考えてみれば相手の正体はまだわからない。通りがかりに尾行をしてきた者だと言えば、こちらが怪しまれる。スリでも暴漢でもない存在を、人通りのある路上で追いかけ、たとえつかまえてみたとしても、何を理由にしてどう問いつめればよいのだ？

そう思った時、先を行く相手は、また次の角を左へ曲がった。急ぐふうもなかったが、彼はあわてた。見失ってはまずいと思ったのだ。

そこで歩道。石畳の上を急ぎ足で歩き、その人物の背後を確かめた。どうにかまかれずに、後をつけられたと思って四メートルばかり先の標的に目をつけ、歩き出そうとしたとき、彼はふと気がついた。

赤褐色の正方形の石畳の上。自分の靴の前に、一筋の髪の毛が落ちていることに。

（確かに、おれが見ている人の髪くらいの長さだ。これはあの人の髪なのだろうか？）

そう思ってその黒い落とし物をつまみ上げようとして腰を曲げ、右の親指と人差し指とでそれをつまんだと思った瞬間だった。思いがけない強い力のうねりを感じたのは。

（うっ？）

一筋と思っていたものが急に太くなったようにも感じられた。まったく瞬間的ではあったが、指先をかすめた感触が変わっていたのだ。

そして、次の瞬間には、歩道の面に落ちたそれを見て、今野民平は言葉を失ってしまった。

一匹の黒い蛇が、彼の膝あたりにまで鎌首を持ち上げ、赤い舌を伸ばしていたのだ。シュウシュウというようなうなり声も、かすかに耳をついた。

「ぎょっとしておれが飛びのいた途端に、その蛇は姿を消した。しかしあのうねる力と太さ。それに冷たい感触は、夢じゃないと思ったんだが……」

いかんせん証拠はない。証人もいない。

気がついて前方を見てみれば、栗色のハイヒールの片方だけがちらりと、その歩道の左側のビルの玄関へ入ってゆくのが見えた。

急いでその姿を追いたいとも考えた。しかしさっき姿を見せた蛇が、今度はそのビルの入口で自分を待ち受け、不意に鴨居から首を伸ばし、自分の首筋にかみついてきたりしたら。そう思うと、どうも足が進まなくなったが、ここまで付けてきて、結果を見ないというのもつまらないとも考えた。

また、あの蛇は、今は確かにどこにも見えない。指先の感触も、落ち着いて考えれば自分にとってさえ確実な記憶とはいえないのだ。

警戒しながら進めば大丈夫だろうと思った今野民平は、南アパートという看板を玄関の上に掲げる表戸。大型のガラスの一枚扉を押し開け、まわりを見回して危険はないようだと判断した後、中に入ってみた。

目に映るものは、コンクリートの通路と天井。その下に下がる半球型の電灯ばかり。

(平凡なアパートらしいが、あの人はここの住人か。それとも客か？　危険なものは、まだ目につかないけれども)

そう思いながら、彼は通路を歩いた。見えるのはごく普通のクリーム色の鉄扉と銀色のドアノブ。

と、思った瞬間だった。彼の右側にあるドアの列の一つが不意に開かれ、その中から人影が現れたのは。

赤いジャケットにロングスカート。そして茶色い革ベルトと栗色のハイヒールの人物の姿を、今度こそは正面から見たわけだ。

しかしその顔は、人間の顔ではなかった。

女らしくはあったが、上唇はまくれ上がり、人間で言えば犬歯にあたる部位からは、猪にそっくりの牙がのぞいていた。

　そして、彼の頭に引っかかっていた疑問。

　わからない問題だと思っていた髪の毛は、黒髪ではなく、蛇の群れと化している。

　先刻見たと思った黒い蛇や、それと似た青黒い蛇も、滑らかな鱗を銀色に光らせながら、女の頭上にうねっていた。

「！」

　声もなくおののく今野民平に、髪のように蛇の群を伸ばす女はにっこりと笑いかけた。

「お察しの通りですの。あたしの名はメデューサ。今日はこのアパートに少し用事があってきたのですけれど、まさか二一世紀のこの日本という国に、あたしの存在に気がつく人がいようとは思いませんでしたわ。ホホホ」

　話を聞いていた僕はぎょっとして、思わず言葉をはさんだ。

「メデューサというのは、あのギリシャ神話に出てくる、見た者を石にしてしまう妖怪のことか？」

　彼は、自分の体が石になってしまったのではないかと思って、思わず一歩あとずさった。しかし、足は震えながらも動いたし、両腕も肩から指先まで自由に動き、今までとまったく異状のないことは確かめられた。

「御自分の体が石になられたのかと心配のようですね。でも、あたしが石にしたい相手はこの室内にいた人で、あなたじゃないんですの。それに、この国での仕事はおしまいとなりましたのであたしは故国へ帰ります。ただし」

ここで女の魔物は、やや無気味に笑った。

「今日、ここであたしに出会ったことを口外すれば、どのような恐ろしい目に遭うかは、それはあたし、責任を持ちませんことよ」

そう言い終わった途端に、その女の背中からは、左右に黄金に輝くものが生え出してくるように見えた。

よく見てみると、それは鳥の翼に似た黄金の翼であった。

「その翼をはばたいて、その女は通路の先のコンクリート壁にあるサッシの枠。ガラス窓を開けて飛び去ってしまった。しかし、後を見回してみても、その女が出てきたドアやドアノブにも壊されたような傷跡は残っていなかった。足跡は無論なかったし、蛇のいたような後も、それに、今度は髪の毛一筋も残ってはいなかったんだよ」

窓が開かれている事実はあるが、ここにも人がいた痕跡は残っておらず、証拠にはならないと考えられた。

(それにこのドアを開いて、もし誰か人間がいたとすれば……)

「自分がなぜこんなところにいるのか、おれはどう説明したら良いのかうまい言い訳が思いつかなかったんだよ。それに、メデューサなんてことを言い出しても、誰も信用してくれはしないだろうし……」

(それに、もし本当にこの室内に、人間が石像と化して倒れているとしたら……)

「そう思うと気が動転してしまった。証拠も証人もないことだから、いったい誰に、どう話そうかと思って、気を揉んでとうとうここへやってきたわけなんだが……」

と、ここで言葉を切った今野民平の顔を見て、僕はぎょっとした。

バーの店長や従業員の女の子。そして他の客たちも同様だったらしい。みんな一斉に息を呑んで彼の顔を見つめた。

なにしろ、座席に着くまではまともな人間のそれだった彼の耳が、今は先がとがり、ニョッキリと大人の掌よりも長く伸び、毛むくじゃらのロバの耳に変わっていたのだから。

透かし彫り

長さは二メートルばかりの虫取り網を持った麦わら帽子と青い半ズボン。そしてランニングシャツの子供はがっかりしたような顔をしていた。

「どうかしたかね」

私が聞いてみると、肩から虫籠をぶら下げている小学生らしい男の子はこう答えた。

「大きくてきれいな蝶を見つけたんだけど、取ろうとしたら逃げられちゃった」

（アゲハのことかな）

と、私は思った。

（おれもこの子ぐらいの年には、虫取りはよくやったもんだが……）

そう考えているうちに、ふと私は昔聞いた話を思い出した。

「これは、キタテハという蝶を取る方法なんだけど」

私はその子供に、夏の日射しの中で、その蝶を取る方法を話してみる。

トレーシングペーパーという紙を縦は五センチ。横は十センチぐらいの大きさに切り、その長い横の方を二つに折り、ひらひらと動くようにする。

次にその真ん中に、糸を通すか、セロテープで貼りつけ、適当な長さに切り、それをなるべく花のあるところに近い木の枝の先や家の軒先などにつるして置く。

そうするとその蝶は、その紙の周りに寄ってくる。それをとることだ。

「それで蝶を取ることができるかなあ」

「私も、うまく行くかどうかはわからんけど、虫取りの効果はあるようだ」

その子供はちょっと首を傾げていた。しかし、私がその子の前で、玄関の戸を開けて家の中へ入っていくのを見ると、少し足音を立てて、立ち去っていったらしい。

それから三日後であった。午後の日射しの中で、私が家にいると、とんとんと家の戸をたたく音がした。

そこでサンダルを履いて戸を開けてみると、先日の子供が立っていた。

「おじさんに教えてもらったやり方でやってみたんですけど、わりとうまくいきまして、その蝶を三匹取ることができました。友達にもそのやり方を教えてやったんですけど、あのやり方でたくさん虫が取れたという子もいました。ありがとうございました」

「そりゃよかったね。わざわざありがとう」

私はうなずいた。今は夏休みの最中なのだから、子供たちが大勢同級生の家に集まって、あの細工を作ることもあったのかもしれないと考える。

それから二週間ばかりして、八月も末近くになった頃だった。

また戸を叩く音がしたので表へ出てみると、今度はあの子供が三人ばかり友達らしい子供たちを引き連れてやって来ていた。

「どうしたね」

と聞いてみると、その中の一人がこう言った。

「先日、蝶の取り方を教えてもらったお礼に、これを作ってみたんです。家に飾っておいてください。これは葉書用版画に使うゴム板で作ったものです」

私がそれを手にとってみると、それはゴム板を、自分の持っている彫刻刀で作ったと言う透かし彫りで、触角こそないが、ちゃんと四枚羽根の蝶の形をしていた。大きさは両の掌を合わせたほどである。

「そうかい。よくやってくれたね。ありがとう」

私はそう言って、その贈り物を受け取った。またお返しにはその子供たちには、ちょうど持ち合わせていたお菓子をあげることにした。

（ただ、四枚の羽根はばらばらになっているな）

私はその四枚を糸で繋ぎ合わせ、四枚の板が集まる中心に持ち合わせの布紐を結び、それを家の軒先にぶら下げてみることにした。

と、その翌日の日暮れ時である。ゴムの蝶の翼の先に、何かがチカリと光るのが見えた。

（はてな。星かな？）

仕事から帰ってきた私は、家の前で、一番星があの板にかかって見えるのかなと考えて立ち止まり、二、三歩横へ動いてみた。ところが、その光は動かない。

（雨は降ってはいなかったし、露のせいで光が見えるわけはないし）

そう考えて、よく近づいてその光を見ると、その光の正体がわかった。

（あっ、ほたるだ）

ささやかではあるが、これは驚きだった。子供たちからの贈り物が、この虫を呼び寄せることになろうとは不思議なことだなと、私は思った。

大臣との遭遇

ある商業施設でのバーゲンセールの最中である。

令和三年五月九日のことで国民みながコロナウイルス感染症の蔓延に気をつけ、こうした広い会館の中でもお互いに混みあわないように注意し、間をあけあって並び、また入場する場合には入口に備えつけてあるスプレー式の手指消毒アルコールで手先を拭きとる習慣が義務づけられていた。

その集団の中に、Tシャツを来た男の人がいたのだが、三田昭夫はその服を見ておどろいた。

一見したところ馬の顔のように見えたが、よく見ると縞馬のようだった。

その縞馬の顔を描いている線の一本ずつが、動いているように見えたのだ。

（あの線の太さは小指の先ぐらいの幅で、本数はわからない。ただ、そんな線が集まって縞馬の顔を構成しているんだということは見えるんだが、あの線が動いているように見えたのは、錯覚だったたんだろうか？）

三田昭夫はその服を着た男性とはかなり離れた位置に立っていたのだが、その服の絵の線が動いているのは見間違いではなかった。

黒い鼻づらの部分には変化はないのだが、その後の顔を描いている線の部分はしきりに動き、赤や青、緑へと変わっていく。

（おれの目のせいではない。とすると？）

（おや、あれは？）

どうにもわけのわからなくなった少年は、とうとうその人のところへいくことにした。

「ちょっと失礼ですが、あなたの服の絵の色が変わるのはどうしてですか？」

マスク越しに発せられた少年の質問に対して、そのTシャツを着た人もマスク越しに答えた。

「液晶服のことを御存じないのですな。デジタル時計や自動車の燃料計の色の表示を変える技術を応用したもので、電流の流れによってシャツにしかけられた液晶の色を変え、その仕組みによって服の模様の色を変えているんですよ。ほら」

そこでその人は、着ている服の左側のすそをまくりあげた。

その服の裏側には、ベルトのバックル大の四角い金色の箱が装着されている。

「これが電源で、服は一見普通の服に見えますが、これは実は液晶システムになっていて、服の地の中には電流で、服の中にしこまれている液が色を変える仕掛けがされているんですよ。この絵では縞馬の鼻の色だけは普通に染めているだけなんですが、そのほかの部分は液晶で染めてあります」

昭夫はふうんと思ったが、自動車の燃料計に使われる色を変える装置が、服にまで使われるようになったのかと聞いて驚いた。

また、中学生である三田昭夫は、今話をしている相手がどこかで見たことのある顔をしている人だなということにも気がついたのだが、それが誰であるかはわからなかった。

ただ、中学生である彼にも気がついたことがあったので、昭夫は質問をする。

「この服を作った、発明家はあなたでしょうか？　また、特許の品でしょうか？」

「いいえ、発明は私たち研究スタッフで、一人だけのものじゃありません。それから、特許は今出願中です」

そう言って、その人はまた買い物客の列の方へ向き直った。三田昭夫にはどこの電化製品会社か、あるいは繊維会社があいう服を作ったものだかはわからなかった。

（しかし、最新の研究のために造り出された製品らしいが、あれじゃあよっぽど高い値段がつくにちがいない。それこそ宇宙服よりも高くなったりしたら、誰も買う人はいないかもしれん）

また、少年は、あの人の顔にはどこかで見たおぼえがあるなあとも思ったが、それが誰であるかはわからないと思った。

そうこうしているうちに自分の必要なシャツとパンツを買った三田昭夫は、今度は建物の玄関ロビーへと歩いていく。

そこの建物のベンチに座っていると、やがて両親がやってきた。買い物をする店は同じだったが、買う物は別々だったのである。

昭夫はおつりを母親に渡しながら、今日見たことを両親に話す。

「液晶服？　そんな物は、聞いたこともないなあ。非常に新しい研究と、実験のために作られたんだろうが、わたしらが今日物を買った店に出回るようなもんだとは思えないね」

帰宅するために自家用車に乗り、そのハンドルを握っている父親は言う。中学生である息子もそりゃそうだろうと思った。

それから三日ほどたった後である。

新聞に次のような記事が出ていたのは。

「国会において、デジタル庁の発足が可決されました。これは内閣のデジタル相の仕事を推進するもので、国民のデジタル化を推進し、市町村などの業務をデジタル化して国政の能率をよくするためのものです。この省庁のPRは、後日全国の市においてとりおこなわれる予定ですが、日取りはまだ未定です」

そういう記事が書かれていた。昭夫はそれを読んで気がついた。

（こないだ見た服は、もしかしたらデジタル省が開発したものかもしれない。あの服を着た人たちを町中に行かせて、こんな服を作る技術が国にはありますよ。という広告をするための宣伝員だったのかもしれん）

三田昭夫はそんなふうに考えた。

昔エジソンが電球を発明したときに、その製品の宣伝をするためにそのようなやり方をしたという話を聞いたことがあるのである。

それから十日後の新聞に、とうとう内閣がデジタル庁発足の広告の日取りを発表した。

昭夫が住んでいる地方の市では、その日は来月の第二日曜日となっていた。

「これは見ておいた方がいいかな。この前おまえが見たという、液晶服という服も見られるかもしれんから」

父親はそう言った。ここで一家三人の意見はそろい、母はその新聞に書かれていた会場に電話をし、参加のための予約券をとりよせてみることにした。

会場は、三田昭夫自身も二、三回行ったことのある劇場で、番地と電話番号は新聞に出ていたのである。

その後注文どおりに予約券はとどき、三田家の三人はその日の夕方にはバスでその会場におもむいた。

「いつもは満席になるんだがなあ」

「コロナの予防のためです。やむを得ないんでしょう」

ここにも廊下から場内への入口には手指消毒用のアルコールのスプレーが置かれており、席の方も一席おきになるように、テープが貼られていた。

やがて開演の合図のベルが鳴り、六月十三日の午後七時から講演は始まった。

「本日はご来場いただき、ありがとうございました。コロナウイルス感染症の蔓延には、終息のきざしも見えませんが、人間の、新しい技術を開発しようとする志は、けっして伝染病によって屈するものではありません。国の行政としても新しい方針を打ち出し、デジタル化の推進によって行政の効率化をすすめていくことも、伝染病に立ち向かうために有利な方法かとも思われます。これからもこの政策に対してはご理解と支援をいただき、内閣の有利な政策を効率よく進めて行きたいと思います」

演壇の左側の上に立ち、銀の支柱の上のマイクから話を始めた司会者は、そんな挨拶をした。

　その男の人はマスクをしていなかったが、そのかわりに透明なプラスチックのフェイスシールドをかぶっていた。

　それからはまずバーチャル・リアリティの実演がはじまった。データグローブをはめた人がディスプレイの画面に表示された丸印をあやつるのだ。

　それからはワゴンに乗った自動販売機のような形のロボットが出てきて、客席から呼び出されて壇上に上がった人の声をデジタル表示してみせたりした。

「人の声を、デジタル化して画面に表示できるんだねえ」

「あんなに速く、音声を文字にできるとは思わなかった」

　ロボットの胴体には、流行歌の一節が浮かんでいたが、やがて司会者の胸からはベルの音が響きはじめた。スマホの連絡らしい。

　急いでそれを耳にあてた司会者は、はっとしたようにそれを胸にもどし、マイクの前にとりついた。

「みなさん。予定が変更されまして、デジタル省の担当大臣が今この会場におみえになることができるようになったそうです。それから、最新の研究製品も一緒に提示することもできるようになったそうで、その観覧もお願いしますとの連絡でした」

　マスクをはめている観客一同はどよめいたが、不満でもないらしい。

　それからロボットはかたづけられたが、十分ばかりして演壇にあがってきたデジタル省の担当大臣の顔を見て、三田昭夫は胆をつぶした。

（ありゃ、こないだバーゲンセールで会った人だ！）

今は普通の背広とズボン。ワイシャツの上にネクタイという出で立ちだったが、顔は間違いなくあの時に会った人物だった。

内閣の大臣と、無名の中学生とが、バーゲンの店の中で一緒に出くわそうとは……。

そう少年が考えていると、大臣はマイクに向かって演説をはじめた。

「みなさん今晩は。デジタル省の担当大臣です。今晩はわが省が開発した、最新の研究成果をお目にかけたいと思いまして、この会場までやってまいりました。どうぞ、その技術をごらんになって、わがデジタル省の業務と、これから発足しますデジタル庁の普及とともに、御理解をいただきたいと思います」

そう言ってその人は自分が入ってきた演壇の入口をさしまねいた。すると似たような服装の人々が、九人壇上に入ってきた。

それから大臣もマイクの前を離れ、その人たちとともに壇の左端に立つ。

十人の人びとが、客に背中を見せて立った。

と見えた次の瞬間に、館内の明かりがすべて消えた。

真っ暗闇の中で、観客はざわめいたが、次の瞬間には、観客一同はどっと笑っていた。

劇場の壇上には、次のような文字が見えたからである。

「デジタル庁をよろしく」

「お客さまもごらんになりましたように、これがデジタル相の技術による最新の成果。光る服でございます」

司会者の声が、暗闇の中に響いてきた。

新盆

平成二十七年八月十三日の朝である。私と母と弟とはお盆の供養のために、金沢市泉野出町にある自宅に集合し、そして家を後にした。

水を入れるバケツや線香。ろうそくや点火器などは、母が二つの袋に入れて持つ。弟は隣の松任市に住んでいるので、私の家へは車でやってきた。

（どうにか早く墓参りはできるかしらん）

そう思いながら母と弟を乗せ、車を走らせる私だったが、今日はちょっと空模様が心配だった。

「今日は挨拶もして、お中元も届けなければならんから、ちょっとお参りの前にデパートに寄っておくれ」

そう母に言われたので、私は最寄りのデパートに寄ることにした。

ラパークなる名前の店へ着いてみると、駐車場へ入ることはできたが、店は閉まっているようだった。

「ここの店は九時から始まるようだが、今は何時だい」

私は店の看板に書かれている開店時刻を見て言った。母はこう答える。

「八時五十一分だよ」

「それじゃどうする。あと九分も待てば、ここは開くけれど」

「九分も待つのはいやね。すぐに金石の方へ向かいましょう」

母の言う通りにして私は自動車のアクセルを踏み、駐車場を出た。

それからしばらく金沢の市内を通って金石街道なる道へ出て、その道を南へまっすぐ走る。

二十分ばかりすると木曳野小学校前と書かれた看板が見えてきた。

それより更に前。二つばかり先の交差点を過ぎると、左側の道にある花屋が見えてきた。

「ちょっとあの店によって、花やキリコを買ってくるから、おまえは先に行って止まっていておくれ」

母がそう言うので、私は方向指示器の光を出して左へ寄り、一分ばかり車を停める。

後部座席に座っていた母と弟とは車を降りる。

私は二人を降ろした後、今度は右側の方へ車を進め、その本龍寺という寺の、薄い黄褐色の土塀の前へ車を停めた。

（寺の中に、車は停められるかしらん。今日はこんでいるから、ここでずっと停車しなければならないかもしれん）

そんなことを考えながら、フロントグラス越しに前を見ていると、急にTシャツに半ズボン姿の少女の顔が見えた。

（おや、あれは見覚えのある顔だが……）

そう思っているうちに、今度は身長百七十センチはある少年が、その後に続いてやってきた。

（あれは、太郎ちゃんじゃないか）

私はやっとその少年の正確な名前を思い出した。

しばらく見ているうちに、その二人の子供の母親である私のいとこと叔父の顔が見えた。

「来ておったんか」

私は車内で手を振った後、シートベルトをはずし、ドアを開けて、その一行に挨拶をしに行く。

二人の子供たちももう私だということがわかったらしく、笑いながら立ち止まった。

「もうお参りには行ったんだね」

「ああ、花もキリコも供えたからな。それに御坊さんにもお経はあげてもらったよ」

そう話しているうちに母と弟がやってきた。その二人も叔父たちに気がついて、話を始める。叔父さんは母の弟なのである。

「大きくなったねえ。さわらせておくれ」

母はそう言って、二人の子供の頭をなでる。

「今何年生だったっけ」

「高校二年生です」

「中学二年生です」

男の子の方は、高校へ通っていた。

話をしているうちに、弟が私を呼んだ。

「こっちの駐車場が空いたよ。早く停めなよ」

見てみると、私たちが後にしていた駐車場から、車が一台去って行くところだった。私は早速車に乗りこんで、それをUターンさせ、空きのできた本龍寺の駐車場のアスファルトの上へ車を入れる。

やがて叔父たちの一行も、自分たちの車に乗って去っていった。

私は車を降り、路上に立っていた母や弟と一緒に、今度は寺の入り口を通って砂利道の境内へ入り、寺の裏側にある墓地へ石畳の上を歩いていく。

この寺には死んだ祖父母。母の両親と、先に会った叔父さんの妻である叔母さんが眠っていた。

叔母さんは一年ばかり前に亡くなっていた。叔父は男やもめだったので、妻への供養を早くしたいと思ったのであろう。

私たちの方は三人で、花束は墓前のガラス瓶の中。キリコはその前に立てられている金属の竿に吊るした後、その前に座り込み、両手に数珠をかけて手を合わせる。

私は祖父母の冥福を祈ることはもちろんだが、もう一つのことも祈っていた。

(じいちゃん、ばあちゃん。どうか私の病を癒しておくれ)

ということである。

私は九年ばかり前から、慢性腎不全という病気にかかっていた。それの病状は年々悪化し、昨年からはついに人工透析状態に陥ってしまったのである。

身体障害者の指定も受けたのであるが、週に三回病院へ足を運ばねばならず、薬を飲み続けなければならないのは苦痛であった。

(今の時代にはこの病気の治療法はないと言われているが、なんとか私の生きているうちに、この病を治す方法が開発されてくれればいいんだが……)

私は日頃からそう願っていた。

(じいちゃんやばあちゃんなら、なんとか願いをかなえてくれるかな)

そう祈りながらの墓参りだったが、あいにくここで雨が降り始めた。

「これはいかん。次へ行こう」

私たち三人は、一人ずつが通れるほどの道を通り、表へ出て駐車場に行き、車内へ入る。車はバックをして車道へ乗り、やがてまっすぐに走り出す。

そして信号のある交差点にさしかかったところで、私は車を右折させた。

次に行く所は安原という町にある墓地である。

私はフロントグラス越しに前の道や、その表面にぶつかる雨だれやワイパーを見ているわけだが、どうやら雨がなくなり、空が明るくなってきたことに気がついた。

「今度はゆっくりお参りできるかな」

と、私は言う。それから二十分ばかり後には、その墓地の近くにあるクスリのアオキの建物が見えてきた。

「今日はちょっとこの店の駐車場に車を停めさせてもらおう」

私もそう考えて、その薬屋の前の駐車場へ自動車を入れ、そして停止させる。

それから私たち三人は車のトランクを開けて荷物を取りだし、墓地へと向かう。墓地の入り口はその店の駐車場の出口を出て、左へ二十メートルばかり進んだところにあった。

コンクリート塀が三メートルばかりの間口を開けられている間を通り、墓地に入った私たちは、その入り口から二番目に右へ通じる道へ進み、墓の前で立ち止まる。

Capt. Hisao Ikeda
1933—2015

これが、今年の二月に死んだ私の父の墓碑銘だった。

（お父さんが死んでから間もなくの間。特に三月頃は死亡届けを出したり、葬儀社を頼んだり、親類縁者に連絡を取ったりで忙しかったんだが、半年ばかり経つとさすがに落ち着くわい。それから、お父さんもあの世に楽しく眠ってくれているといいんだが）

私は、Old Black Joe の歌の一節を思い出しながら、父親の冥福を祈る。Capt.と言うのはCaptainの略だった。父は生きていた時には船長だったのである。

（お父さんの船乗り生活は長かった。航海中には手紙のやりとりをすることはあったし、一度国際電話をもらったこともある。しかし外国の話はあまりしてもらったことはないし、報告書も呼んだことはないが……）

私自身、父親を好きだと感じたことはあまりなかった。

頑固で、癇癪持ちで、酒癖の悪い男であった。

酒を飲むとすぐに暴れ出し、母親に暴力を振るったこともある。怒った時の形相には、心底恐いと思った時もあった。

（夫婦げんかも多かったからな。おれが結婚をしていないのは、離婚の危機を防ぐためだった）

これは別の話になるのだが、父の弟や縁者の中には、離婚をした人もいるのである。

（自分の両親の結婚生活を見ていても、今度こそは離婚かと思われることもたびたびあったからな。父の暴力があまりにもひどくなったので、伯父さんを呼んでなだめてもらったこともあった……）

私が独身生活をしているのも、その影響だった。私としては、夫婦げんかということを、したくなかったのである。

（弟も、結婚をして、一児はもうけたものの、結局は離婚してしまった。あいつの嫁さんも、あの男の酒癖の悪さには耐えかねたのだろう）

それは、もう二十年ばかり前に起こった事件だったが、弟が別れた妻子に対して、法律で定められた期間中、養育費を払い続けたということも、ばかげた話に思われた。

（ただ、お父さんは努力はしたさ。勉強をして資格試験を受けて、航海士、船長と出世はした。その点はうまくいったと自分でも思っていたのだろう）

ここで私は他のことを考えた。

(今年はさんふらわあ号というフェリーで、船火事が起こったという。その事故のために、二等航海士の人が死んだと言うが、その人はさぞ無念な思いだっただろう。本当は一等航海士にも、船長にもなりたかったことだろう)

私はあの事故に対して、思いをめぐらせていた。

それからは回らなければならない他の墓にも三つばかり回り、ろうそくや線香に火をともして手を合わせる。

「さあ、水がなくなったから、新しいのをくんできておくれ」

そう母に言われた私は、墓地の左側から中央あたりの入り口にある水道の蛇口へ歩き出す。

と、そこで叔父さんと会った。この人は、先刻金石で会ったのとは別の親類である。

「こんにちは」

と、声をかけると向こうでも気がついたらしく、おお、稔雄君かと返事がきた。

水道からバケツに水をくんで挨拶をしにいくと、叔母さんもやってきた。

そして、私たちの家族とも話し合いが始まる。

叔父さん夫婦も新しい墓。すなわち新盆にお参りにきてくれていたのだ。こちらは叔母さんが母の妹なのである。

「まあ、墓の場所は教えてもらっとったし、あんな形であんな字を書いてある墓はこの場所には二つとないからね。すぐにわかるよ」

叔母さんは言った。だろうなと言って私たちは笑った。

（横文字を刻んだ墓は、あそこには一つしかないからな）

そう考えながら墓地から出た私たちは、今度はしばらく歩いて近くのスーパーマーケットに入り、お中元を二つあつらえる。

これは私にとってはいとこ。父の甥に進呈するためである。特にその内の一人には、父の墓を作るための建設の許可を得るために多大の世話を受けたので、お礼をする意味もある。

ところが、その人の家へ自動車を走らせてみると、そこの家は留守だった。そこで母は持ち合わせのメモに私たちの家よりのお中元ですと書き、それと荷物を一緒にその家の玄関先に置いてきた。

次の家に回ってみると、こちらはいとこの人が在宅だった。

「どうぞおあがりください」

と言われて私たち三人は、その家にあがりこみ、お茶をもらって話を聞いたのだが、その人の母親。つまり私の伯母さんは最近では養老施設に通っているとのこと。

「迎えには来てもらえるのですか」

私が聞くと、その施設の人が毎朝自動車で迎えに来て、そこへ連れていってくれると言う話だった。

（お父さんは死ぬ半年ばかり前には、養老施設に泊まりこみになっていたが、確かに通いの人もいたな）

私はそう考えていた。

それからその家を辞去したが、私は父親の墓碑銘のことを考えながら、ふと昔のことを思い出した。

十年ばかり前のことである。私は東京へ行き、その帰りに東京駅の改札口の前で、切符を出そうと思って床の上に鞄を置き、そのチャックを広げていた。

するといきなり、

「Speak English?」

と、話しかけられた。

驚いて顔を上げると、白人の男性で、顎鬚と頬髭を生やした白髪の背の高い人が立っていた。

（こういう時は？）

と、考えた私は、父親から教わっていた言葉を思い出した。

そこで私は「I can't speak English」と返答をしたわけだが、ところがそれを聞くとかえってその人は、私が英語ができると思ったらしい。今度は日本語で、この切符はこの改札口でよろしいでしょうかと聞いてきた。

私がその切符を見てみると、確かにそれは目の前の改札口のものだったので、「Yes」

と返事をした。

（昔の話だが、あの時おれが、どうにか正しい答えをあの人に教えてあげられたのも、お父さんのおかげだったな）

私はそうしたことを思い出しながら、家路に就いていた。

父

二月二十七日、午後九時過ぎである。私は身体障害者で、人工透析を受けているので週に三回は病院へ行って、透析の処置をしてもらわなければならない。月、水、金がその処置の日なのだが、その処置が終わった後、私は携帯電話を母親にかけてみた。

「稔雄か。あたしは今病院にいるんだ。帰ったら家の方へ来ておくれ」

そういう母の言葉だった。私はそうするよと返事をした。

私の家は二軒あり、一軒は母屋で一軒ははなれとなっていた。私はそのはなれの方に住んでいるのである。

『お母さんが今の時刻に病院にいるということは、もうお迎えが来たということかな』

そう考えながら透析のお世話になっている金沢赤十字病院を離れ、夜道に自動車を走らせる私だった。

そして、はなれの家の前の駐車場に車を入れ、そのドアを開けて車の鍵を閉め、家の前へ向かった私だったが、その前には、大型のバンが停められていた。

『来たか』

霊柩車でも救急車でもなかったが、私は察しがついた。

「ただいま」

と言って家の玄関へ入り、かまちを上がって戸を引き開けて左側の居間へ入ると、葬儀社の人らしい黒っぽい茶色の背広を着た人と、母の話している声とが耳に入ってきた。

「だめだったよ」

居間のテーブルを前にして椅子に腰をかけている母の言葉にしたがって、その次の仏間に目をやると、父がその前に、布団に包まれて横たわっていた。目をつぶって……。

「そうだったか。いつ息を引き取ったのかね」

「八時二十六分だった。当直の先生から知らせを受けて、病室へ駆けつけてみたら、息が止まっていたよ。往生してしもうた。お父さんは」

母はその前には、同じ病棟の待合室にいたと言う。

「晃雄には？」

私は弟のことを尋ねてみる。

「もう言うた」

という母の答えだった。

「ただ、まだ体温は残っているよ。おまえもお父さんとのお別れだ。体を触ってみなさい」

母からそう言われてみて、私は緑の縫い取りをした薄い布団をめくり、寝間着とシャツを着た父の遺体の胸のあたりをなでてみる。その体からは、ぬくもりは感じることはできた。

『しかし、このあたたかさは、今晩中にはなくなるだろうて』

そう思いながら胸から頭、頬などをなでさすっているうちに、弟がやってきた。彼は隣の市に住んでいるのである。

「そうか。死んだのか」

そう言いながら彼も私の傍らに座り、父の亡骸をなで始めた。

「では、今日はもう遅くなりましたから、くわしいお話は明日させていただきます」

そう言って葬儀社の社員が、私の家から辞去していったのは、午後十時を少し過ぎたぐらいの時刻だった。

「もうお父さんが死んだのはわかったから、おまえたちも寝なさい。明日中には相談をして、お通夜や葬儀の支度も考えなければならんから」

母にそう言われて、私はいつもの通りはなれへ行って眠りに着くことにした。弟はこの母屋で寝るのである。

『お父さんが死んだ』

ということについて、私は考えをめぐらせた。眠りにつくための床の中で。

父親は三年ばかり前から、養老施設へ入所していた。初老期欝病と診断され、失禁などの症状が出たからである。

母親も年をとっていたため、父の便の後始末や入浴などの世話をするのは無理だった。そのため施設への入所となり、リハビリを進めることになった。私は毎週の日曜日を始め、急用のある日にはその施設へ車を走らせ、洗濯する衣類を持ち帰ったり、必要なものを届ける役を続けていた。

父はその施設では鉄のベッドに寝ているか、車椅子に乗って他の入所者たちとともに大広間に出るかしているという状態であった。

「朝飯は食べたかい」

「食べた」

「髭はそったかい」

「まだや」

「車椅子は自分でこげたかい」

「ああ」

「手は物を握れるかな。ちょっと握ってみてよ」

そう言って私が自分の手を父の手にあててみると、父は私の手を握り返すことはできた。お父さんはどうにか手に力をこめることはできると思った私は、父親に自分で便所に行けるようにしてくれよと言った。

白塗りの壁の鉄のベッドの上や、五十畳はある養老施設の二階の大広間で。

毎月一回はその施設でも自宅介護となり、父親がその施設の職員の人たちに送られて帰宅してくることもあったが、そういう時は私や母は、父親が夜中に失禁をしませんようにと祈るのみだった。

しかし、その祈りがはずれることもあった。父は夜中に眠りながら大便をしてしまうことも多かったのである。

臭い匂いがする中を、父親の方は風呂場へつれていってその下半身を洗い、汚物の入ったおむつは便所へ持っていき、中身は便器の中へ捨てて、汚れたおむつの方はビニール袋の中へ入れるという対処をするわけだが、父親の腰から下へシャワーで湯をかけた後、そこをバスタオルで拭い、新しいパンツとズボン下。そしてズボンと靴下を履かせるのは手間のかかる作業だった。

「入所の費用の方はお父さんの年金でなんとかなるがね。便の世話だとか、おしめの代金はどうも高くなってね」

母はそう言った。父の神経や、新陳代謝が弱まっていくのは私にもわかっていた。そしてその経過に急変が生じたのは平成二十七年が開けてからであった。一月十七日に父は風邪を引いて、それまでは養老施設にいたものが、急に市立病院へ入院しなければならなくなったのである。

私や母、姉などがほぼ一日おきに病院へ行き、入院生活に必要なおしめや尿取りパッドなどというものを病院へ届けなければならなくなった。

「病院では便の後始末はしてくれるものの、いる物は買いこまなければならないんだからな」

「届けるのも骨が折れるわい」

父が入院していた病室は五階で、エレベーターは使えるものの、一階から荷物を持っていくことはつらかったのである。

しかし、入院中に、父にとっての病の回復のきざしはかすかに見えたらしい。二月の十日には、退院の許可が出るという電話連絡が病院からきた。

（どうにか治るかな？）

そう思っていた晩が開けた翌日である。また病院から連絡が入ってきた。今朝また熱が出てきたので、退院はできなくなったと言うのである。

（今度こそは、もう駄目かもしれない）

私はそう感じた。覚悟は決めておこうと思った。

そしてその日に病院へ行ってみると、父の身柄は今までの病室から集中治療室という部屋に移されていた。

鼻の先から口にかぶさる、緑がかった透明のプラスチックの覆いをかけられ、その器具は白い一握りほどのホースによって、ベッドの傍らにある銀の支柱に乗る白い機械につながれていた。

酸素吸入機だと言うことだった。

そして父は目を閉じていた。もはや人事不省の状態におちいってしまったらしく、私や母がなんと言っても反応を示さなかった。

生命が体から離れようとしているらしい。意識の方はもう失われてしまったのだ。私はそう考えていた。

（お父さんが死んだら、まず病院に死亡届けを書いてもらわねばならない。それから、葬

儀の手間も費用もかかることになるだろう。年金の届けも出さなければならない)

集中治療室のベッドに伏している父の顔を見て、私はそんなことを考える。

ただ、そうしている間にも、私は透析を続けなければならなかった。

母は、父に付き添っていた。今晩病院にいると言っていたのは、父が入院していた金沢市立病院のことである。

(集中治療室にいた時分が、危篤状態だったのだな)

私はそう考えながら、眠りに落ちた。

翌二月二十八日、目をさました私は自宅へ七時頃朝食を取りに行く。縁側から父の遺体が安置されている仏間を通り、居間の食卓の椅子に座る。

「病院からは死亡診断書を書いてもらわなければならん。それから市役所へも死亡届けを出して、生命保険会社やお父さんの預金のあった銀行や、年金事務所のほうへも連絡を取らなければならないのよ」

母の言葉に、私はうなずいた。

「土地や家屋のほうの相続の手続きもしなければならないが、それは後でいいでしょう。まずは第一に、葬儀のために親類縁者のほうへ連絡を取ることよ」

母は言った。そして、私が食事をすませた後、彼女は電話器が置かれている腰ほどの高さの棚の下から、電話番号の控え帳を持ち出した。

その晩、葬儀社の人がやってきた。死体を引き取って納棺し、今晩中に容顔の式を行なうためだと言う。私と弟、そしてその社の人二人とで、父の体を棺に入れた後、荷台の着いた大型車の中へそれを運び込む。

その車が葬儀社へ向かった後、私、母、弟は私の運転する車に乗り、同じ場所へ向かう。それから容顔室へ行く。そこはその会社の一階で、よく見るとシャワー室である。

父の遺体は棺の中からは取り出され、その室の床に寝かされていた。

その体に付き添っていたのは白いゴム手袋をはめた二人の女性である。薄青い経帷子を着た父の顔にシャワーの湯をかけて洗い、丁寧に拭いていてくれた。

「それでは、この体をまた棺の中へお戻しするわけですが、その前にご遺族の皆さんで、御父様の唇をこれで拭いてください」

そういって手渡されたのは白い羽根楊枝である。そして私たち三人はそれを持って、父の唇をなでた。

(芥川龍之介の、枯野抄という小説に出てきたのはこの道具だな)

私はそう思った。

(しかし)

私は、水を含んだ羽根楊枝を持ちながら考えていた。

(去年、まだお父さんが意識を保っているうちにも話をしてやったんだが、昨年の四月十七日には、韓国のセウォル号という船が、珍島付近で沈没したという事件が起きていたっけ)

全長146メートル。幅22メートル。定員は約920人という船だった。暗礁にぶつかり、死者295人。行方不明者9人が出たという。

そして、その事件については、船長が急旋回をしたために船が沈没したという話と、船長が乗客の救助を指揮せず、早々に自分だけ救助船で脱出したという話も伝えられていた。それからまた事故当時には、船長が操舵室を離れ、三等航海士に船の操縦を任せていたという情報もあった。

（イ・ジュンソクというその船長には、韓国の警察が逮捕状を請求したという話だったな）

あの時分にはお父さんの意識はまだ残っていた。しかし、お父さんには、もう人の話を理解するだけの力はあるんだろうかと疑いながらも、その話をしていたっけと思い返していた。

あの事件については、韓国の大統領が謝罪をし、首相が辞任をしたという。

（船長には遺棄致死罪で懲役三十六年が言い渡されたという。そして、船長といえばお父さんもそうであったのだが、船を沈めるような真似はしなかったし、ましてや船から乗客を見捨てたままで自分だけ逃げ出すような真似はしたことはなかったのだ）

私はそう考えた。

（お父さんは、船乗りとしての人生。そして船長としての職責はまっとうしてきた人だった。それに四年前の東日本大震災のことなんかを考えてみれば、世の中には死んだとしても遺族の手によって弔ってもらうことのできない人もいる。おれはお父さんの臨終に立ち会うことこそできなかったが、その死を悼み、弔うことはできる）

　それからまた私は、昔読んだ枯野抄という小説を思い出していた。

（あの小説は、俳句の師匠である松尾芭蕉の臨終を弟子たちが看取るという小説だったが、そうした人々の中にもいろいろな心理が働いていたことが書かれていたな。これから当分お父さんの死によって果たさなければならない法律上の手続きもあるが、それらの問題には順番に取り組んでいけばよい。施設や病院にいたときの世話と同じようなもんだろう。それに、ある意味ではお父さんは安らかに死んでいったんだ。また、熱が出てからのお父さんは人事不省の状態にはあったが、あの時はお父さんの心は、現役の頃のように海の上に飛んでいたのかもしれん）

　そして、死んでしまった今となっては、その魂は海を渡っているかもしれないと、私は思った。

「旅に病んで夢は七つの海をかけめぐる」

　という句が、父の辞世にはふさわしい。そう私は考えていた。

同乗者

（運転歴も長くなったが、デートのために車を走らせたことだけはまだなかったな）

横井庄吉はそう考えていた。

運転している自動車は運転支援機能付きのオートマチック車で、不満はないのだが、内部にある装備といえば運転席と助手席の座布団二枚だけ。常備しているのはティッシュペーパー一箱と、雑巾の何枚かばかりだけである。

（自動車の内装というか、おしゃれに金をかける人もいるそうだが）

車内にとりつける脱臭剤や芳香剤などもドラッグストアで見たことはあったが、彼にはそんな物を買う気はなかった。

（若い人の中には、自動車はデートのために必要と考えている者もいるらしいが）

彼自身は相当年でもあり、そろそろ中年も終わろうかという年代なのであるが、浮いた話や色恋沙汰などには縁はなかった。

（これからは、ひとり身で老後と戦わねばならないが）

横井庄吉は、そのことはあまり苦にしてはいなかった。

（それに、今はそんなことは考えている場合じゃない）

よく考えてみると今は自動車を走らせている時であり、フロントグラスやミラー。そしてハンドルと足元のペダル操作以外のことは考えてはいけないのである。

と、思って左側のミラーを見ると、妙なものが目に入ってきた。

助手席の頭部のあたりに、まっくろい昆虫の触覚らしいものが見えたのである。

（？）

彼にはそれが何物だかはわからなかったが、今はそれにかまっていることはできなかった。

それから十分ばかり後、スーパーマーケットの駐車場に車を停め、ポケットの中の財布を確かめ、さてシートベルトをはずそうかと思った時に、のこのこと彼の座席のかたわらに、先刻見た触覚の持ち主があらわれた。

ゴマダラカミキリで、大きさは小指の長さほど。触覚は先刻は一本だけだったのが、今度は二本はっきり見えた。

複眼の下には左右に広がる黒く短い牙も見えたが、彼に対してかみついてくるような気配はなかった。

（やれやれ）

横井庄吉はばかばかしくなったが、一寸の虫にも五分の魂ということわざも知っていたので、シートベルトをはずして立ち上がり、ドアをあけて車外へ出るついでに左手でその虫をつまみあげ、車のかたわらの路面にそれをぽんとほうり出した。

地におりた虫の方は、しばらくまわりを見まわすように頭部をふっていたが、やがて車の後部へと歩いていった。

（あれは羽根がある生き物なんだけどな。虫にも性格のちがいはあって、飛ぶのが好きなのもいるし、歩く方がいいと思うのもいるのかもしれん）

「虫が、いつの間にか車内にはいりこむなんて、めずらしいことでもないよ。タクシーに幽霊が乗りこんでくるなんてのも聞いたことがあるからな」

翌日隣の家に住む植木正氏は、彼の話を聞いてそう言った。

「蜂やゴキブリなんかでなくて、まだましだよ。運転席に蝿が飛びこんできたとしても、いらいらして運転の邪魔になっちまうこともあるからな」

これはむかいの家に住む、三宅由則氏の意見。

(自動車はたいていの国に普及しており、商品として売買する人もいれば、商売道具として必要と考えている人もいるんだが)

横井庄吉は会社を退職し、今は隠居という身分なのであるが、わずかながら年金も受け取っているので、くらしには事欠かなかったのである。

隠居にも、自動車は必要かのう。買い物にはあった方が便利だし、急ぐ場合もあるにはあるんだが。

ただ最近は高齢者ドライバーの事故も多く、加齢を理由に免許証を返納しにいく人も多いそうだが。

横井庄吉は、そんなことを考えることも多くなってきた。

(ところでと)

彼は、自分が住んでいる市からすこやか検診を受けるための指導をうけていたので、行きつけの病院にそれを受けにいくことにしたのである。

（夏が来れば思い出す。という話にも、もっと風流な話があってもよさそうなもんだがなあ）

彼には夏の記憶といえば、健康診断と墓参りぐらいしかないのである。

そうやって半袖のワイシャツを着て、夏物のズボンをはいて、ネクタイはつけずに黒い皮靴を履き、常用の皮鞄に市からの指導書や健康保険証などを入れ、横井庄吉は家の鍵をしめて自動車に乗り、家を後にする。

聞こえるのはクーラーの音ばかり。ただ彼はまっしろい入道雲と青い空。それから道路の様子を見ていた。

油断ができないことはわかっているが、白い雲を見ていると夏らしい気分も出てくる。

特に今月は学校が夏休みなんだから、小さな子供の飛び出しには気をつけなければならん。

そんなことを考えながら運転していき、病院の駐車場に車を停め、ガラスの自動ドアである病院の玄関を通る。

ただし今日は予約を取るだけで、本当の診断はまた後になる。

そう考えて待合室のベンチをあとにして、受付の戸口の前に立つ彼は、やがて順番が来たので係員の前へ行く。

「予定からいいますと、あなたの検診は十日後になりますね」

受付嬢からそう言われた横井庄吉は、それではよろしくお願いしますといって、窓口を後にする。

と、彼の目には、ひとつの顔が映ってきた。

「吉本じゃないか」

「横井じゃないか」

吉本武は高校時代の同級生であったのだが、卒業してからは会う機会は少なかったのである。

「ひさしぶりだな。ところでおまえは診察してもらいに来たのかい」

「うん。ちょっと具合が悪くなって、こないだから診てもらいにきてたんだよ。おまえのほうは？」

「すこやか検診の申し込みに来たんだよ。予定は十日後になったんだがね。まあ、今はどこも悪いところはないけれど、健康診断は受けといたほうがいいから」

通常の時代ならば二人並んで座って話しあうところだが、現在はコロナウイルス感染症の蔓延がおそれられている時代なので、お互いにマスクをして、横井庄吉の方は立ったままで、相手は座ったままで、三十センチばかりはなれた状態で話をしているのである。

「しかし、どうにかあのコロナにはかからずにはすんどるよ。おまえは？」

「うん。なんとかがんばってるし、運もいいのかもしれんから、あの病気はないよ」

「そうか。ただ、夏は病気も多くなる季節だというからな。衛生には気をつけなくちゃな。まあ、あれは別に不衛生なことでもなかったが」

　ここで庄吉は、先日カミキリムシに自動車にはいりこまれた話をした。聞いていた高校時代の友人は笑った。

「そんなことは問題にはならんよ。これはおれがインド旅行をした知人から聞いた話なんだが」

　吉本武は話を始める。

　自分の知人に報道記者の人がいて、その人がインドへ行った。

　その国の町中で写真をとっていると、街角でニシキヘビをあやつる芸をしている人がいた。

　その人を意識して、写真をとるつもりもなかったのだが、そのへんの風景を写真にとっていると、その芸人がやってきて、おれも写真に写ったはずだから、モデル料をよこせと要求してきた。

　そこでその記者の人は困って逃げようと思い、近くにタクシーがいたのでその自動車に乗ったのだが、その車はぼろでいくらやってもエンジンがかからない。

　そうこうしているうちに芸人は大蛇をけしかけて、開いている自動車の窓からその蛇の頭を突っ込ませた。

　かみつかれることはされなかったものの、こんなのにしめつけられたら命はないかもしれないと思った記者の人は、とうとう言われたとおりの金額を払ったそうだ。

「まったくねえ。日本にも通りがかりの人間に、肩がさわったとかガンをつけたとか言って因縁をつけて、金を脅しとろうとするやくざはいるが、インドにもそんな連中はいるわけだ」

横井庄吉はなげかわしくなってそう言った。

「チンピラ根性というものは、世の中からはなかなかなくならんようだ。なんとか善良にやっていくしかないようだ」

話をしているうちに、病院の受付から吉本武さんと呼ぶ声が聞こえてきた。そのため旧友は立ち上がり、病院の診察室の中へ入ってゆく。

(こわいのは、交通事故ばかりじゃないようだ。日本では、ああいう災難に出くわす危険はまずあるまいと思うが、用心にこしたことはない)

病院から帰る道すがら、横井庄吉は運転をしながら考えていた。

親知らず

三月四日のことでした。

その日は近所の歯科医で歯石を除去してもらう処置をしてもらい、そのおかげで歯はきれいになったのですが、その日から妙に歯がずきずきと痛みはじめたのです。

(歯石をとるために歯をけずったんだから、その為にまだ歯が痛んでるんだろうか?)

私はそう思ったのですが、寝る時にも歯が痛みよく眠れなくなったので、これは虫歯ができたのかもしれないと考えました。

そこで私はまず歯石を取ってもらった歯科医に連絡をとろうとしたのですが、どういうわけか電話はつながらず、直接たずねても不在となっていたのです。

そのため私はとうとう別の医院に連絡をして予約を取りました。

三月十三日に、予約のとおりその歯科医に行ったのですが、そこの歯科医でも歯の写真をとったりレントゲンをとったりしても、痛みの原因はなかなかわかりませんでした。

ところがとうとうおしまいに、医師が親知らずを疑ってそこの位置を見たところ、やっと痛みの原因がわかりました。

左の下の奥から親知らずが生え出してきて、それが下の奥歯を圧迫し、そこが膿を持っているせいだとのことでした。

「親知らずを抜くための手術は、この病院ではできません。口腔外科のある国立病院で手術をしてもらうことです。ただ、膿を洗い流す薬をかけることは今すぐできますが、これはものすごく痛い処置ですよ。どうされますか?」

それを聞いて、私はこう返事しました。

「覚悟はしました。膿を洗い流す薬をかけてください」

そこで膿を洗い流す薬をかけてもらいましたが、覚悟はしていたものの飛びあがるほどの激痛が脳天を突くようでした。

（自分の今までの人生の中にも、痛い思いをしたことは多いが、こんな痛みを味わった事もあまりないんじゃないか？）

私はそう思うばかりでしたが、やがてうがいをしてもいいですよと言われたので、二、三回うがいをさせてもらい、どうにか激痛は薄らぎました。

しかし、気分は落ちこんでおりました。なぜこんな目にあわなきゃいけないんだと思いました。

（だが、待てよ。昔おれがいた会社では、労働災害のために指を切断した人もいたし、腕を切断した人もいた。あの人たちの痛みは筆舌に尽しがたいもんだったろうし、また、あの人たちはその激痛の後に、一生背負って行かなければならない障害を持って生きていく羽目におちいってしまったんだ。その点から考えてみると、おれは確かに痛い目にはあったが、それは病を治すために必要な処置だったんだから、労災で腕や指を失ってしまうよりはマシなのかもしれんな）

口の痛みは激しかったのですが、私はそう思いながら寝台式の歯医者の治療椅子から降りて、診察室を出て、待合室へ戻りました。

そこの受付で次の診察の予約もしてもらいましたが、国立病院への紹介状を発行するのは少々遅くなるかもしれないと言われました。

それを聞いた後、歯医者をあとにした私でしたが、あまりの口の痛さに物を食べることがよくできず、普通の半分くらいの昼食をすませてから、かかりつけの病院へ行きました。

これは人工透析を受けるためで、週に三回病院でこの処置を受けているのです。

その時には、透析の世話をしてくださる看護婦さんたちにもその話をしたのですが、熱はないかとか、手術がうまくいけばいいねという話になりました。

その後次の週の月曜日には歯科医に行ったのですが、その日は歯の消毒で、少し痛く感じられた程度でした。

ただ紹介状は明日になると言われましたので、月曜日は診察だけで帰宅しました。

そしてその翌日。歯科医へ行ったところで、診察の後に国立病院への紹介状をもらうことができました。

封筒に入ったそれをいただいて、自動車でその病院へ向かい、初診の手続きをしてもらい、二階にあるという口腔外科の受付へ行ったのですが、まず血液検査を受けて、レントゲンをとってきてくれと言われました。

そこで一階へ降りてそれらの部門の検査を受け、二階の窓口へ戻ったのですが、そこでやっと診察室へ呼ばれました。

ところが診察の結果では、歯茎が腫れているため処置はできない。腫れがひくまで様子を見ましょう。今日はその腫れをなくすための薬を処方しますから、それを飲んでおいて、明後日の木曜日に来てください。という判断でした。そこでその日には処方箋をもらってその病院を去り、その向かいにある薬局へ行って薬をもらい、家へ帰ったわけです。

ところが木曜日にその医師の診察を受けたところ、まだ手術はできない。来週の木曜日にしましょう。ということになりました。

そしてとうとう手術当日の三月二十六日になりました。

その前々日の火曜日にも歯科医へ行ったのですが、まだ腫れているから手術はできるかどうかわからない。という話でした。

（おれとしては、歯の痛みの原因は早く取り除いてもらいたい。それに、いやなことは早くすませてしまいたいから、あさってに手術ができればいいが）

歯科医ではそう思っていたのですが、二十六日にまず診察を受けたところが、この分なら大丈夫です。手術をはじめましょう。という話になって、予定通りに手術は始められました。

その前に手術の同意書という書類を読んで、その書類に署名をしたのですが、こわくなったのは手術台の上に寝てからです。

口を開けさせられ、下顎の歯茎に二本麻酔をうたれました。

それから上半身だけは起こしていたのですが、やがて麻酔が十分にまわった頃です、手術を始めましょう。と、言われて、再び頭を寝台の枕のあたりにつけました。

ところがその時に、私は手術で抜くのは下顎の奥の一本だけだと思っていたのですが、左の上顎の奥にも親知らずが生えているのがわかりました。こちらの方も抜いておきましょうか?と言われました。

私は、それならばそちらの方も抜いてくださいと頼みました。

それからは手術が始まりましたが、麻酔のためかそれほど痛みはありませんでした。

下顎の方は大きいなということで、比較的長い時間がかかりましたが、無事に歯は抜けました。

上顎の方はすぐに抜くことができたそうです。

それから抜いた歯も見せてもらいましたが、上の方はひどい虫歯になっていたそうです。

今はまだ麻酔の効いている時間ですから、痛みはあまり感じないでしょうが、今日中には痛みが来るでしょう。

痛み止めと止血剤とは処方しておきますから、それを受けとって飲んでおいてください。

それから口の中に血が出ますから、ガーゼをかんでおいてくださいよ。

ただし、口腔外科としての診察は、今日で終わりですから。

そう言われた私は、とにかく麻酔が切れて痛みがくるまでに、家へ帰らねばならんと思い、その場ではガーゼと処方箋。次は薬局へ行って薬をもらい、自動車に乗って帰宅して寝ておりました。

やがて痛みと出血がやってきて、もっぱら血を吐きだしていたのですが、どうにか歯をみがいて夕食は食べられました。
人生にはこんな辛さもある。と、思いながら。

カレンダー

「ありうることかなあ?」

「それが実在してたんだ」

豊田諭吉は、友人であるカルロス・ジョーンズの話を聞いてみようと思った。

「最初にその人の家の庭を見た時は、なんだかわからなかったんだ。ちょっと広い庭に、薄緑色のカバーがかけてあるだけだったんだからな。それが防水布なのはわかったけど、それが何になんのためにかけられているのかはわからなかったんだ」

彼がそれを見たのは白い木の柵ごしだったという。

「その人の家は、ぼくの家から三軒ばかり離れた左の隣なんだがね。ぼくや両親ともあまりつきあいはなくて、その人の職業も知らないんだけど」

その庭を占領するような形で、大きな荷物ではないが、足首をうめつくすような何物かが、その色の防水布に覆われて、積まれていたという。

(あれはなんなのかなあ?)

と、気になることもあったけれども、別に自分の生活には影響もなかったので、好奇心も出てこなかったという。

ところがある日、その家の主人らしい人が、なにかうれしいことがあったのか、にこにこしながら紙包みをかかえてその家に入るのを彼は見たという。

(あの人が持っていた物は、一体なんだったんだろう?)

カルロス・ジョーンズは考えた。四角ばった紙包みというところまでは見えたが、それ以上のことはわからなかったのだ。

ところがその翌日。同級生の八野大三がその家へ入っていくのを彼は見た。その男は何か鞄を持っていたが、その中身は無論わからなかった。

（八野大三が、この家の誰かとつきあいがあるのかなあ？）

カルロスは考えていたが、やがてその知り合いがその家から出てくるところにでくわしたので、ちょっと声をかけてみる。

「大三じゃないか。きみはここの家の人と知り合いなのか？」

「ジョーンズか。この家の人は中古車のブローカーをしている人でね。きょうはうちのお父さんが今までの自動車を売りたいという話を相談したいというんで、ぼくは入り用な書類を届けにきたんだよ」

「ふうん」

中古車売買の会社の社長か社員かはわからなかったが、そういう仕事をしている人であることはわかった。

（しかし、その人の庭に並べてある、あの荷物らしい物は一体なんなんだろう？）

カルロスは思ったが、それはわからないと思った。

ところがそれから三日後、そこの家では工事を始めた。

家全体を黒っぽい灰色の網状の布をかぶせて覆い、家のまわりを囲っていた白い木の柵にもそれがかぶせられたのだ。

（なんのための工事だろう？）

カルロスは、トラックや大工らしい人たちがその現場へ来るたびに考えたが、無論真相がわかる筈もなかった。

そう考えているうちに、また八野大三がその家から出てきたのに会ったので、この家の人が何の工事をしているのか聞いてみた。

「なんでもカレンダーを作るんだという話だったよ」

同級生はこう言った。

（カレンダー？　つまり家をみんなタイル貼りにして、モザイクのようにして数字を書くのかな？）

カルロスはそう考えたが、それはまだわからないと思った。

ところがそれから十日ほどして、近所の人からあそこの家の工事ができて、新しい家が完成したそうですよ。という話を聞いた彼は、その家まで足を運び、そして驚いた。

幅三十センチ。縦二十センチばかりの長方形が、その家を覆いつくしていた。

よく見るとそれは鉄板で、その面には数字が書かれている。

白地に緑の数字の板や、黄色い地に黒い文字。また緑の地に白い文字が書かれている鉄板は、よく見ると自動車のナンバープレートだった。

それからさらに観察をしてみると、それは玄関の表の方から、たしかにカレンダーのように、『1―01。』『1―2。』と表記されている順番に並べられていた。

物好きな人もいるもんだと中学生があきれていると、気がついて見ると木の柵である塀にもその板がボルトで留められていた。

こっちの方は『5―1』から始まっているなと思っていると、急にその家の玄関のドアが開き、彼に声をかけてきた。

「ああ、ジョーンズさんとこの子だな。見たければ、中に入ってもいいよ」

それほど親しい人でもなかったが、挨拶ぐらいはしたこともあったので、カルロスはその家へ入ってみる。

玄関には自動車のナンバープレートはなかったが、居間の壁にはびっしりとそれが貼り付けられていた。

「どういうわけで、家に自動車のプレートを貼って、カレンダーにしようなんて思ったんですか？」

少年の問いに、その家の主人である中年男はこう答える。

「それはまったくの偶然がきっかけなんだな。ある日、車の運転をしていたら、向かいからの車の番号が見えた。その車のナンバーが『4―1』と書いてあった。ところがその後続車のナンバーがまた『4―2』となっていて、その次の車のナンバーが『4―3』という番号だったんだよ。これならカレンダーになると思って、もともと車は好きだから、廃車になる車からカレンダーの日付になる板を譲ってもらえるようにその業界の知り合いに頼んで、今までは庭に置いといたんだ」

そうして長年かかってためたナンバープレートが、先日ようやく一年分のカレンダーの日数に達したので、それをカレンダーとして表示することにしたのだと言う。

「ただ、非常にかさばるもんだからね。とうとう家ごとカレンダーにすることにして、改装工事をすることにしたんだよ」

「そこの家の人は、ぼくにそんな話を聞かせてくれたよ」

あきれるべきか、感心するべきかと豊田諭吉が考えていると、学校が終わってみんなが帰宅をし、夕飯を食べ終えたころに諭吉のスマートフォンにカルロスから画像が送られてきた。

(これはほんとにカルロスの言う通りだったわい)

諭吉は感じ入ったが、こりゃどうも高い金がかかりそうな話だなあとも思った。

翌日カルロス・ジョーンズは、そのスマートフォンを中学の教室に持ってきた。

笑い出す者も出たり、しきりに珍しがったりする者も出たが、世の中には物好きな人もいるもんだという意見が多くなってきた。

「でも、いくら車好きだからといって、ナンバープレート集めやそれを家でおおうための工事のために、金を使う気はせんよ」

これは同級生の本田四郎の意見。

「あたしは馬鹿馬鹿しいと思うわ。これじゃあ針金のハンガーだけを寄せ集めてきて、巣を作るカラスとおんなじようなもんですもん」

伊藤いすずは、随分な酷評を加えた。

蝦蟇とアルマジロ

（こんな大きな動物だったかしら？）

少女は考えこんだ。

薄い灰色の皮膚でボールのような半球形。

その上を走る格子状の縞。そして人間の中指ほどもある、白っぽくて先のとがった爪。

前足と後足のある四足獣だが、見覚えはあった。

しかし、大きな馬ほどもあるアルマジロなんて、彼女は見たこともなかったのだ。

（それに、ここは日本だし、近所に動物園なんかはない。近所にこんな珍獣を飼っている家があるなんて聞いたこともないんだけどなあ。となると、あ、そうか）

中学一年生の飛騨晶子はやっと考えついた。これは誰かが作った人形かロボットで、なにかの広告人形のたぐいにちがいないと。

彼女が下校の途中で、学校の制服姿で、歩道の上に鞄を持って立ち尽くしている姿は別段珍しい光景ではなかったが、さすがに巨大な珍獣は人目をひいたらしい。同じ中学校の生徒や同級生。そして通行人たちがたくさん集まってきた。

「おかしいわねえ。本当に生きているのかしら？」

「誰かの作ったゆるキャラかもしれん。落し物か忘れ物かな」

野次馬たちの間からはそんな声があがったが、誰かが通報したらしく、やがてパトカーのサイレンらしい音が響いてきた。

駆けつけてきた警官二人はその動物（？）を見、飛騨晶子をはじめとする目撃者の幾人からも話を聞いたのだが、歩道にこんな動物が鎮座しているのを見るのははじめてのことだったらしい。

「さっきから見ているんですけど、身動きはしていません」

飛騨晶子は警察官にそう言った。

「最寄りの動物園にも、問いあわせてみましたが、アルマジロが逃げたという報告はありませんでした。また、そんな大きな動物には心あたりがないという人たちばかりです」

電話をかけていた警察官は言った。

「ということは、どこかの犯罪者がこの野生動物を密輸してきて、その悪人はどういう訳でかこの動物をここへ放置して逃げ出してしまって、人が困るのを面白がっている。ということかもしれんな」

警察官はこう言った。そういう犯罪が起こる可能性はありますし、また無責任な飼い方をする人間が、飼っている危険動物を逃がしてしまうという事件もありました。と、他の警官は言った。

「でも、これは本当に生きているんでしょうかね？」

そう言った飛騨晶子は、つい好奇心を起こして、アルマジロの背中によじのぼり、またがってみた。

するとその途端に、その動物（？）は動き出したではないか。

「きゃー」

女子中学生の悲鳴に、警官たちはびっくりしたようだったが、歩みはのろく、前へ進むばかりであった。

(振り落とされるほどの揺れもショックもないいんだけど、こりゃ困るわね)

そう思いながら鎧のような球の上にまたがり、片手に鞄を持ちながら、もう一方の手で丸い面の表を押さえる少女だったが、その耳は不意に足音を聞きつけた。

「あ、あんな所に置きっぱなしにされていたのか」

「女の子が乗っている。こりゃあぶない。止まれ。止まれ」

そう言ってアルマジロの前の歩道に駆け出して来た二人連れのうちの一人は、手に持っていたスマートフォンかトランシーバーのような道具から伸びる、銀色のアンテナ部分をアルマジロに向けて、手に持った機械の表を操作し始めた。

すると、巨体の歩みは止まった。それからその二人は妙な乗り物の近くへ駆けつけてきて、飛騨晶子をその上から助け降ろす。

「お嬢さん。お怪我は？」

「ありません」

「そりゃよかった。われわれも助かりました」

その二人はそう言った。やがて警察官もやってきて尋問を始める。

「われわれは、生きた動物かと思ったんですが、これは人形だったんですか？　それで、あなたたちは一体どこの何者なんですか？」

リモコン装置らしい機械を持つ男たちは答え始めた。

「われわれは、この先にある映画会社のＤプロの者です。県内のＡ市の人から、近頃では市内に南米からの移民がふえたために、そうした人たちを歓迎するための祭を開くことになったと言われました。そこでその為の行列の中心になる人形を製作してくれという依頼を受けまして、作ったのがこのリモコン人形なんですが、完成して会社の倉庫に保管しておいた作品が、今朝になって倉庫は壊されて、物が盗まれていたのがわかりました。警察にも届けは出したんですけれど、会社の方でも探すことになって、社員がいろんな場所を探していたんですけども、まあ、見つかって助かりました」

飛騨晶子はうなずいた。

市内にあるＤプロは全国的にも有名な会社で、特撮の怪獣映画の製作も多いのである。

「リモコンで動く物だから、道路の上にじっとしていたのはわかりましたが、さっき歩き出したのはどういうわけですか？」

「会社には、リモコンは一基しかないわけなんですが、もしあの人形が、電波の届く範囲にあるとすれば、電波の指令に反応するかもしれないと思って、前進の指令を出してみたんですよ」

「悪いのは泥棒としても、町中で、あんな物を動かすのは危険ですから、そのお祭りまではもっと厳重に人形を保管しておいてくださいよ。しかし、どうしてアルマジロの人形を作ったんですか？」

「移民の人たちの中には、アルゼンチンのラプラタから来たという人もいるとお聞きしましたので」

「それで、あんなに巨大な人形にしたのはどうしたわけで？」

「江戸時代に人気があったという、児雷也の芝居を真似してみたのです」

そう言って映画会社の二人は、その人形を動かしながらともに帰っていったのだが、これは招待券です、本番は見に来て下さいねと言って、飛騨晶子には切符を一枚くれた。

そこでそのブラジル移民歓迎祭の当日が来たので、飛騨晶子は見物に行った。

二つの団地式の棟にはさまれたその庭のような広場で、サンバの歌やダンスなどが披露されたわけだが、先日は自分もその背に乗ったリモコン人形が披露された姿を見て、彼女はびっくりした。

その背に乗る人物の扮装を見て、

（アルマジロの背中に乗る児雷也なんて、見たことも聞いたこともないわ）

バーチャル仏像

「むかしむかしのお話よ」

一年一組の女子生徒。岸田文子は語り出す。

「仏教のお坊さんで、空也上人と呼ばれている人がいました。その人が南無阿弥陀仏ととなえると、そのお経の漢字六文字がみんな仏像のかたちになって、空中にならんだんですって」

「それは彫刻にもなっているし、空也念仏と呼ばれるお経のとなえ方もあるそうだけど、その仏像はもう残っていないねえ」

話を聞いていた同級生である安倍洋三は返事をする。

「仏像をつくる人は、現代にもたくさんいるし、僧やお寺もまだまだ活動は続けている。それに大仏さまをおまいりに行く人や、観光でそれを見物しにいく人たちもおおいけれども、寺ばなれという現象も起こっているからねえ」

「平安時代のお坊さんで、上人の座を得ていたそうだが、乞食もやってたそうだ。日本仏教の中では浄土教を広めた人だと言われている」

同級生たちは、そんな話を始める。

「でも言葉をとなえるだけで、仏像をつくることはできないしねえ」

原慶子は言う。

「考えてみれば現代では、スマホで辞書をひけば仏像の映像ぐらいすぐに映し出せるんだから、そんなにうらやましがるわけもないよ」

佐藤藤作は言う。

そのうちに休み時間終わりのベルが鳴る。

中学生たちはおしゃべりを中断して席に着く。

（なむあみだぶつ。という言葉はだれにでもとなえられるが、仏像を彫りきざんだり、釈迦の肖像画を描くのはむずかしい。それに南無阿弥陀仏という言葉も、書道として筆を持ち、半紙の上に書くとなるとやっぱり上手下手が出てくるからなあ）

薬師中学の一年生。大平正は下校の道の途中でそう考える。

（現代では、大仏を造るのはあまりはやらないし、鑑真和上や聖徳太子の彫刻もそれほど人気がないようだが、釈迦が開いた教えには、人心を落ち着かせる作用があるということだ）

しかし人間の口から出た言葉を、実在する仏像に変えるということは、奇跡でも起こらないかぎりできないことだろう。

そう大平正は考え、気がついた。

（そうだ、あの手を使ってみよう）

家へ帰るやいなや、大平正はパソコンにかじりついた。

「ふーん。きみが新しいバーチャル・リアリティの画像をつくったって？」

二週間後に大平正がそのクラスの中でそう言うと、同級生たちの多くは怪しそうな顔をする。

「でも、それは確かだよ。お父さんやお兄さんにも手伝ってもらったことはほんとだけど、できたことはできたんだ」

「じゃあとにかく、見せてもらおうか」

岸田文子。安倍洋三。佐藤藤作の三人は、その日の放課後に大平正の家へ行くことにする。

「さて、お立会い」

二階の自室に三人の同級生を招いた大平正は、机の上のパソコンのスイッチを入れる。青空に平安朝らしい画面が表現される。

みずらの髪型の少年や、貫頭衣姿に裸足やわらじをはいた男女がいきかう中に、白っぽいがほこりをかぶった法衣をまとい、わらじをはいた剃髪の男性が映し出される。

両肩からはエプロンのように一対の一握りの帯をかけており、その先端は木製のハンガーのような一枚板を胸板につるすという格好だった。

その一枚板はさらに銅製らしい鉦をつるしており、僧形の男性は右手に持ったばちで、それをしばしば打ち鳴らす。

その左手に握られている鹿の角を柄の方につけた杖は、先端を地に突き、持ち主とともに歩んで行くわけだったが、やがてその鹿の角は、上下に振られるのを止められた。

杖の持ち主である僧は立ち止まり、なにやら口を開いて言葉をとなえるような顔をする。

するとパソコンの画面の中には、南無阿弥陀仏という文字があらわれた。

と、その六つの文字が、漫画の書き文字のようにディスプレイの面にならんだと見えた途端に、その文字はひとつずつ形をかえて、その僧侶の顔半分くらいの釈迦の立像となったのである。

「なるほど。こりゃいいわ」

岸田文子は笑い出す。他のふたりの同級生も、腹を抱えて笑っていた。

大平正の方も自慢そうに笑ったが、声は出さない。

それからは同級生や他のクラスの生徒たちも、大平家へやってきてその画面を見ることになったが、みんな笑って画像を見ていた。

そうしているうちに、大平正の理科の先生である伊藤博氏が彼の家へやってきた。

その人もパソコンの画面を見て笑いはしたが、やがて自分が教えている生徒に向かって話し出す。

「ちょっときみに、頼みたいことがあるんだが、これは作れるだろうか？」

伊藤先生の差し出した画像を見て、大平正は考えこんだ。

「一学期中はかかるかもしれませんが、ちょっと試してみましょう」

その後、大平正はバーチャル・リアリティづくりに取り組んだが、なかなか時間がかかる。

しかし、大平正は二ヶ月で、とうとう理科の先生から頼まれた課題を完成させた。

「やっとできました。見にきてください」

「よくやってくれた。ありがとよ。今日の放課後には見にいくからね」

大平正がその話を同級生たちにすると、ぼくたちにも見せてくれと言う者が出てきた。

「よかろう。伊藤先生といっしょにおいでよ」

大平正がそういうと、佐藤藤作と原慶子のふたりが教師とともにやってきた。

「いくよ」

と言って大平正が画面を起動させると、前半は先日と同じ画像が示されたが、結末にはまったく違う画像が表示された。

「あっ、あれは」

佐藤藤作は、びっくりしたような声を出す。

「あたし、写真は見たことがあるわ。ミャンマーにある寝釈迦の像なんですってね」

原慶子は言った。

「でも、なぜあんな画像にしたの？」

男子の同級生の質問に、大平正はこう言った。

「なんでも伊藤先生が、この県のミャンマー親交協会の委員をつとめていなさるんだって。それで、その会員のミャンマーの人が、今年の秋ごろに日本へ来ることになったんだけど、なんとかいいおもてなしをしたいと思ったので、この画像を作りたいと思ったんだって」

「わしは無論、ＳＮＳではその国の人とはやりとりはしているんだがね」

伊藤先生は生徒たちに言う。

「もしその国の人が来たら、ぼくは奈良の東大寺の大仏さまの絵ハガキをあげましょう」

佐藤藤作はピントのはずれたような、核心をついたようなことを言った。

著者プロフィール

G杉山Ⅲ世（じーすぎやまさんせい）
石川県出身。

あそびごころ

2025年2月15日　初版第1刷発行

著　者　G杉山Ⅲ世
発行者　瓜谷 綱延
発行所　株式会社文芸社
〒160-0022　東京都新宿区新宿1－10－1
電話　03-5369-3060（代表）
03-5369-2299（販売）

印　刷　株式会社文芸社
製本所　株式会社MOTOMURA

ISBN978-4-286-26258-1